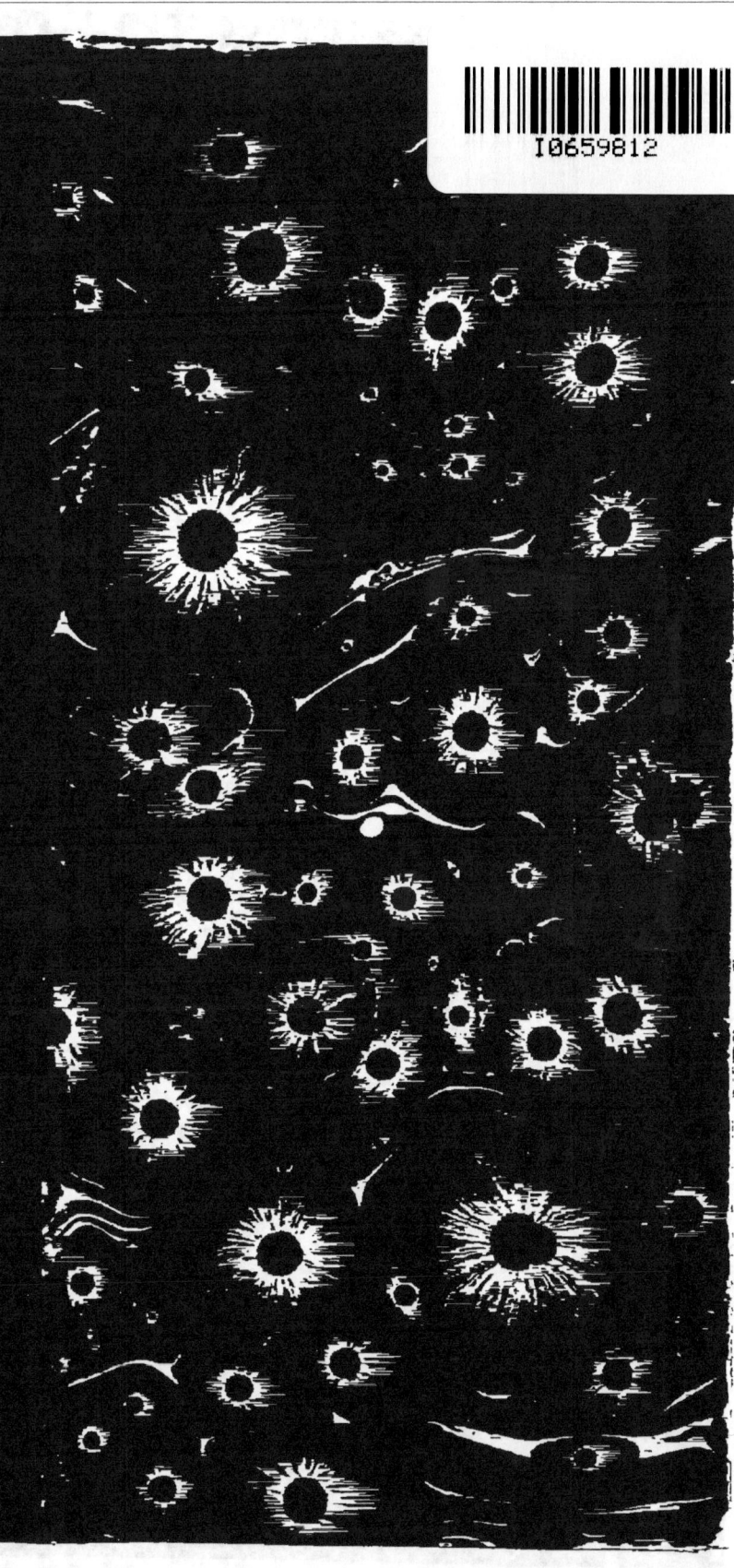

HISTOIRE

DE

CHODRUC-DUCLOS.

IMPRIMERIE DE FÉLIX LOCQUIN,

RUE NOTRE-DAME-DES-VICTOIRES, N° 16.

AVANT
(1800.)

PENDANT
(1805.)

APRÈS
(1829.)

HISTOIRE
VÉRITABLE ET COMPLÈTE

DE

DE CHODRUC-DUCLOS,

SURNOMMÉ

L'HOMME AUX HAILLONS

ET A LA LONGUE BARBE,

DU PALAIS-ROYAL.

CONTENANT sa vie, ses aventures, ses amours, sa carrière militaire ; les détails sur les diverses détentions qu'il a subies dans les prisons d'état de Vincennes et de Bicêtre ; enfin, un grand nombre d'anecdotes très-curieuses, publiées pour la première fois, d'après les renseignemens les plus certains pris sur ce singulier personnage

SUIVIE D'UNE COMPLAINTE SUR CE DIOGÈNE MODERNE ;

Je l'ai trouvé couvert d'une affreuse poussière,
Revêtu de lambeaux, tout pâle ; mais son œil
Conservait sous la cendre encor le même orgueil.
RACINE, tragédie d'*Esther*, acte II, scène I.

PARIS.

CHEZ LES LIBRAIRES DU PALAIS-ROYAL,

ET LES MARCHANDS DE NOUVEAUTÉS.

1830.

INTRODUCTION.

—

Je traversais avec ma compagne les brillantes galeries du Palais-Royal.

C'était un soir, l'esprit fatigué du travail laborieux de la journée qui venait de s'écouler, je cherchais quelque distraction dans le spectacle magique qu'offre à l'œil étonné le riche assemblage de tant d'objets de luxe venus des quatre parties du monde, pour se confondre dans ce magnifique Bazar.

Arrêté devant l'escalier de cristal,

j'en admirais l'élégante structure, lorsqu'un cri de frayeur jeté par ma compagne me tira de ma contemplation.
Je jetai un regard inquiet autour de
moi : un homme, à la stature haute,
au regard plein de feu, se trouvait auprès de nous; c'était l'homme aux haillons.... à la longue barbe !

Je ne pus m'empêcher de sourire de
la frayeur que son voisinage avait causée
à ma timide compagne; j'essayai à cal-
mer son agitation.

Il y a trente ans, lui dis-je, la vue
de cet homme ne t'aurait pas effrayée.

— Pourquoi pas aussi-bien il y a
trente ans qu'aujourd'hui, si de pareils
haillons le couvraient, si les mêmes
dehors repoussans....

— A cette époque, de pareils hailons ne le couvraient pas, ses dehors taient loins d'être repoussans : l'homme qui vient promener aujourd'hui, au ein du luxe, le spectacle affligeant de a misère était alors le petit maître le plus à la mode de toute la France.

Elle me regarda ; sa pensée fut sans doute que je voulais mettre sa crédulité à l'épreuve, car elle suivit des yeux l'homme à la longue barbe qui continuait à marcher devant nous, et un sourire de dédain vint effleurer ses lèvres.

Mais quand je lui eus dit tout ce que j'avais entendu raconter de ce singulier personnage ; qu'il était arrivé à ce degré de misère et d'avilissement, par la même route où d'autres auraient trouvé la fortune et les honneurs, et que

l'homme aux haillons comptait d'illustres ingrats, le sourire dédaigneux dis-
parut, sur sa figure je pus lire l'impression d'une tendre pitié, et une larme
brilla dans ses yeux.

S'il en est ainsi, me dit-elle, cet
homme doit être bien malheureux.

— Sans doute; et pourtant l'amour-
propre adoucit pour lui sa misère.

— Je ne te comprends pas.

— Remarque la fierté de sa démarche; les yeux des promeneurs sont fixés
sur lui, et il n'en est pas troublé; il con-
serve sous les haillons une conviction
intime de sa supériorité sur la plus
grande partie des gens qui l'exami-
nent avec une stupide curiosité. L'intérêt qu'il inspire, ou qu'il sait avoir
le droit d'inspirer, le console de

l'injustice des grands dont il est la victime ; c'est sa vengeance, et elle lui semble douce. Penses-tu qu'il ne s'arrête pas avec complaisance à l'idée que chacun se dit en le voyant : *Il doit ces haillons à d'illustres ingrats ! ! !*

Ma compagne parut frappée de la justesse de mon observation ; j'avais d'ailleurs prononcé le mot de vengeance, et ce mot résonne toujours agréablement à l'oreille d'une femme, il plaît toujours à son cœur ; c'était par vengeance que l'homme aux haillóns étalait si fastueusement sa misère ; il ne lui parut plus si malheureux et ne fit que l'intéresser davantage. Elle désira connaître plus particulièrement les épisodes de la vie de cet homme singulier, il y avait pour elle quelque chose de grand, d'idéal dans la manière d'agir de cet être qui, tout à l'heure, ne lui paraissait digne que de mépris ; c'est ainsi que nos opinions varient souvent avec les circonstances : je fus forcé de lui promettre des notions exactes sur le moderne Diogène.

Je lui avais fait cette promesse sans trop savoir comment je la remplirais, et un peu avec l'espérance que dès le lendemain elle aurait oublié et l'homme à la longue barbe et nos conventions ; mais il n'en fut pas ainsi, car après notre retour à la maison la conversation ne cessa d'avoir le même objet. Heureusement que le sommeil vint enchaîner momentanément son babil ; mais de grand matin elle m'éveilla pour me dire qu'elle avait rêvé toute la nuit à l'homme aux haillons, et que j'eusse soin de me souvenir de ce que je lui avais promis.

Je fus convaincu que ce n'était pas avec une femme, et avec la mienne surtout, que l'on pouvait user du proverbe qui dit que *promettre et tenir sont deux*; et force me fut de céder à sa ténacité en courant aux renseignemens sur son héros, qui, selon elle, avait plus de grandeur d'âme à lui seul que tous les héros de l'antiquité réunis. Il existait déjà une brochure sur l'homme du Palais, mon premier soin fut de la lui procurer; mais les chapitres qui composent cet ouvrage lui parurent trop incomplets, et ma femme veut en toute chose le grand complément ou rien du tout : bref, pour la satisfaire je ne vis rien de mieux à faire que de parvenir à tirer quelques éclaircissemens de Chodruc-Duclos lui-même, et des personnes qui avaient eu ou pouvaient avoir encore avec lui quelque liaison, soit directe, soit indirecte.

Mon projet était conçu, je le mis à exécution ; démarches, soins et peines, je n'épargnai rien pour arriver à mon but : il s'agissait de plaire à ma femme ; j'aurais couru le monde entier s'il l'eût fallu, car j'ai toujours tenu à avoir vis-à-vis d'elle la réputation de bon mari.

Je parvins à réussir au-delà de mes espérances, et à entasser, sur le personnage intéressant que je voulais faire connaitre en détail à ma compagne, notes sur notes. L'abondance des renseignemens la frappa tellement, qu'elle fut la première à m'observer que mes recherches pouvaient avoir un but plus utile que celui que je m'étais d'abord uniquement proposé , et elle m'engagea à publier les notions que j'avais recueillies, et qui , disait-elle, ne pouvaient manquer d'intéresser le public.

Je goûtai son avis , quoique persuadé cependant que j'aurais à lutter contre la première impression que le public devait avoir reçue par la brochure dont j'ai parlé tout à l'heure. J'étais obligé de répéter ce que cette brochure contenait ; mais l'intention que j'avais de donner un tour neuf à ces redites , et surtout d'augmenter mon ouvrage par un grand nombre d'anecdotes non encore publiées , fit que je suivis le

2

conseil de ma femme. Enfin, pour lui donner tout-à-fait le mérite de la nouveauté et pour satisfaire au goût particulier que j'ai toujours eu pour la belle poésie, je résolus de jeter à la fin de mon livre une grande et sublime complainte historique sur mon héros ; complainte qui, je l'espère, obtiendra, ainsi que le reste de l'ouvrage, l'approbation de mes lecteurs, et que je dois à la complaisance d'un de mes meilleurs amis, ainsi qu'on le verra par une note explicative placée en tête de ce chef-d'œuvre de poésie par son auteur.

HISTOIRE

DE

CHODRUC-DUCLOS.

CHAPITRE PREMIER.

Enfance et premières années de la jeunesse de
Chodruc-Duclos.

En commençant cette histoire, je vou-
drais avoir à signaler à mes lecteurs quelqu'événement miraculeux, accompagnement obligé de la naissance de mon héros;

2.

car c'est ainsi qu'en use presque toujours tout bon historien, afin d'en imposer à la multitude assez disposée à s'intéresser à tout homme qui vient en ce bas-monde avec force circonstances surnaturelles. Mais à mon grand regret, il m'est de toute impossibi- de leur donner cette petite satisfaction vu que mon héros vint au monde tout bonne- ment comme tous les enfans y viennent, sans tambour ni trompette, ou, pour m'exprimer d'une façon plus poétique, *sans que la foudre annonçât à l'univers ébran- lé que l'Éternel lui donnait un habitant de plus.* Non, quand Duclos naquit, il n'y eut ni tremblement de terre ni commotion de la nature, les collines ne firent point la ré- vérence, les rochers ne dansèrent pas la ga- votte entre eux ; toutes ces belles choses restèrent en leur place, et pourtant Duclos ne devait pas être un homme ordinaire.

Né à Bordeaux, en 1774 ou 75, fils
d'un notaire et petit-fils d'un capitaine
de navire, Émile Duclos appartenait par sa
naissance aux premières familles de cette
ville. Né dans un temps de trouble et de
discorde, Duclos donna, dès sa plus tendre
enfance, des preuves marquantes d'un caractère remuant et inquiet, qui prit d'autant
plus de force que ses parens, qui ne vi-
vaient pas ensemble en parfaite intelligence, ne s'occupèrent pas du soin de le
corriger. Enfant encore, ses parens en
firent le plastron de leurs discussions po-
litiques; chacun d'eux chercha à lui in-
culquer son opinion, et sa jeune cervelle adoptait alternativement les impres-
sions qu'elle recevait. Ainsi Duclos père
endoctrinait-il son fils, il voyait avec joie
les idées de l'enfant se montrer conformes
aux siennes : mais le triomphe qu'il croyait

2..

avoir obtenu n'était ordinairement pas de longue durée, ses espérances s'évanouissaient, quelques instans après, devant les doctrines de son épouse, qu'Emile embrassait avec le même enthousiasme. Un temps devait venir où cet enfant instable montrerait à son pays étonné un homme ferme et invariable dans ses principes.

Les deux époux ayant obtenu un jugement qui les séparait de corps et de biens, le jeune Duclos resta sous la tutelle de son père uniquement. Celui-ci ayant acheté une petite propriété dans les environs de la Réole, confia à son frère, curé du lieu, l'éducation de son fils. Le bon curé ne négligea rien pour mettre à profit les heureuses dispositions qu'il crut remarquer dans son neveu; il s'attacha particulièrement à dompter cette imagination ardente qui imprimait son cachet à toutes les actions du jeune homme. Peut-être serait-il parvenu à son but, si la mort prématurée de M. Duclos n'eût replacé notre héros sous la tutelle de sa mère. Madame Duclos se hâta d'arracher son fils aux leçons d'un homme dont les opinions contrastaient trop fortement avec les siennes, pour qu'elle pût se résoudre à les laisser s'enraciner dans le cœur de l'unique héritier de sa fortune. De retour à Bordeaux, le jeune Duclos ne tarda pas à redevenir ce qu'il était avant d'en être sorti. L'exaltation de principes, dont sa mère lui donnait l'exemple, devint bientôt sa règle. La bonne dame était royaliste outrée: son fils, dont elle se plut à égarer l'imagination par un tableau effrayant des maux que préparaient à la France les idées nouvelles qui fomentaient alors, ne vit de salut pour la patrie que dans le maintien de l'ancien ordre de choses : il embrassa avec ardeur la cause de la royauté déchue. Impatient de signaler son zèle pour la défense d'un trône qui venait de s'écrouler, ce fut avec un sentiment indicible de joie qu'il apprit que la ville de Lyon, fidèle à la légitimité, avait arboré l'étendard de la révolte, et que les troupes républicaines s'avançaient pour en former le siége ; une fièvre de gloire s'empara du jeune enthousiaste. Lyon fut le but où tendirent tous ses vœux ; il résolut de s'y rendre, et cette résolution fut aussitôt exécutée que prise : il quitta Bordeaux, et bientôt le général Précy, défenseur de la ville assiégée, compta dans ses murs un héros de plus.

CHAPITRE II.

Premières armes de Duclos. — Les Allobroges et les Bleus. — Duclos doit son salut à un de ses ennemis.

Duclos avait pris du service dans la légion des Allobroges; il ne tarda pas à donner aux compagnons de ses premières armes des preuves de la plus rare intrépidité : partout où il y avait du danger, et par conséquent de la gloire à acquérir, on rencontrait l'intrépide bordelais, et plus d'un *Bleu* reçut la mort de sa main valeureuse, quoiqu'inexpérimentée.

On sait quelle héroïque résistance les Lyonnais opposèrent aux farouches ennemis qui se servaient du mot de liberté pour égorger des millions de victimes; mais que peut le courage le plus sublime contre la force? Lyon, après avoir vu la plus grande partie de ses faubourgs réduite en cendre par le feu des assiégés, fut contraint de leur ouvrir ses portes; et bientôt ce que la guerre avait épargné de citoyens généreux alla porter sa tête sur l'échafaud. A cette époque de sang et de carnage, un représentant du peuple ne craignait pas d'écrire à ses collègues de Paris; «Ma santé a été quelque temps chancelante, mais elle se raffermit, et je me porte beaucoup mieux depuis que *la sainte et miraculeuse guillo-*

*tine raccourcit tous les jours deux ou trois
cents Lyonnais* (1).

Ce fut pendant ce siége que le comte de
Provence, depuis Louis XVIII, et son
frére Monsieur le comte d'Artois, aujour-
d'hui Charles X, adressèrent aux royalistes
renfermés dans Lyon, en la personne de
M. Imbert-Colomès, les deux lettres qui
suivent (2).

On est étonné, après avoir lu ces témoi-
gnages de gratitude de deux princes envers les défenseurs de leur cause, de voir
aujourd'hui sous les haillons l'homme qui
peut-être embrassa cette cause avec le plus

---

(1) *Histoire du siége de Lyon*, par M. l'abbé
Guillon.

(2) Nous avons rejeté ces lettres à la fin du
volume ; elles sont également extraites de l'ouvrage que nous venons de citer.

de bonne foi, puisqu'il lui sacrifia tout, sang et fortune.

Tombé au pouvoir des *Bleus*, Duclos aurait payé bientôt de sa vie l'audace de les avoir combattus ; mais la puissante intervention d'une dame dont il avait su gagner les bonnes grâces le sauva. Cette dame l'ayant recommandé au capitaine du poste où il avait été provisoirement conduit et renfermé, notre héros vit avec étonnement son ennemi lui fournir des moyens de salut en laissant tomber à ses pieds son propre manteau ; ce fut sous ce précieux déguisement que Duclos échappa à la vigilance de ses gardes, et à la mort qui ne cessa de planer sur sa tête que lorsqu'il fut hors des murs de la malheureuse cité qu'il eut la douleur de la laisser au pouvoir des farouches satellites d'un gouvernement despotique et sanguinaire.

~~~~~~~~~~~~~~~~~~~~~~~~~~~~~~~~~~

CHAPITRE III.

Duclos fashionnable devient la coqueluche de toutes les jolies femmes de Bordeaux. — Quelques réflexions sur son élégance et son urbanité d'alors, comparées avec la malpropreté et le cynisme qu'il affiche aujourd'hui.

Après sa sortie de Lyon, Duclos revint dans sa ville natale, où il se lia bientôt d'amitié avec les jeunes gens des premières familles; il ne tarda pas à se faire

3

dans Bordeaux une réputation d'homme à
bonnes fortunes, comme il s'en était déjà
fait une de courage et de loyauté. Madame L......, directrice du grand théâtre,
fut néanmoins, de toutes ses maîtresses,
celle pour qui il eut toujours le plus d'attachement. Cette dame était fort riche,
et cette fortune, jointe à celle de sa mère,
permit à Duclos, à qui toute la ville avait
unanimement décerné le surnom de *Superbe*, de justifier ce titre. Il brillait déjà
entre tous ses rivaux par la noblesse de ses
traits, la beauté de ses formes, et l'élégance
de ses manières; bientôt il les éclipsa par
la recherche de ses ajustemens : rien n'é-
tait trop beau pour lui, sa dépense an-
nuelle, pour le costume seulement, s'éle-
vait à près de vingt-deux mille francs, son
linge, d'une blancheur éblouissante, était
changé plusieurs fois par jour; enfin il

poussait le luxe et la recherche de sa toilette jusqu'à la folie. Qui devinerait dans l'homme aux haillons du Palais-Royal le fashionable d'alors? et pourtant il n'est que trop vrai que le même homme qui changeait à cette époque de linge trois fois par jour, a depuis six ans la même chemise sur le corps, qu'il ne la quitte que pour se coucher, et la reprend le lendemain comme accompagnement obligé des misérables vêtemens qui le couvrent depuis le même temps.

Quelles pénibles réfléxions ne fait pas naître un pareil contraste! Duclos, dans sa vingtième année, le plus élégant, le plus maniéré des hommes, en est, à l'âge de cinquante-cinq ans, le plus cynique; et cela parce que son cœur a été froissé par l'ingratitude de ses semblables : il n'ont pas craint de faire d'un homme à l'âme noble

3.

et fière, un être ne différant de la brute
que par le peu de raison qui lui reste, et
dont un avilissement et un cynisme plus
long-temps prolongés le priveront entièrement.

CHAPITRE IV.

—

Le Commissaire de police. — Son entrevue avec Duclos en haillons. — Ses menaces. — Réponse de l'Homme à la longue barbe.

La réflexion que nous venons d'émettre sur le contraste frappant du changement que trente années d'intervalle ont opéré sur Duclos, nous amène naturellement, avant de poursuivre le récit de ses aven-

3..

tures, à parler de la tentative que fit auprès de lui, il y a six mois environ, un
commissaire de police, afin de l'engager à
renoncer au genre de vie qu'il mène.

Ce commissaire, dont nous nous abstien-
drons de citer le nom, en disant seulement
qu'il est de Bordeaux, et par conséquent
compatriote de Duclos, vint trouver ce
dernier chez une fruitière de la rue Pierre-
Lescot, où il prend ses repas depuis plus
de quatre ans. Là, après s'être atablé auprès de son *ancien ami* (il donne ce nom
à Duclos), il lui parla de leurs liaisons
sons de jeunesse, des parties qu'ils faisaient ensemble avec les jeunes gens des
premières familles de Bordeaux, et dans
la société des plus jolies femmes de cette
ville. N'avez-vous pas de honte, ajoutâ-
t-il, d'afficher ce cynisme révoltant, après
avoir joué le rôle le plus brillant à cette

époque, et cela uniquement par une misérable idée de vengeance? Croyez-moi, mon ami, renoncez à ce genre de vie, puisque vous pouvez en embrasser un tout autre. Quittez ces haillons; je me charge de vous fournir moi-même dans l'instant des vêtemens plus convenables. N'est-il pas pitoyable de vous voir marcher nupieds, et compromettre ainsi votre santé.....

Pour des gens qui ne s'y intéressent nullement, interrompit vivement Duclos; n'est-ce pas là ce que vous voulez dire? Monsieur le commissaire, ajouta-t-il, je respecte le caractère dont vous êtes revêtu; je me rappelle avec plaisir que je vous ai compté au nombre de mes amis; mais aujourd'hui je ne veux rendre compte de mes actions qu'à moi seul, et si la vue de ces haillons blesse *leur* susceptibilité, je ne les quitterai pas pour cela; *je veux les lasser de ma misère avant d'en être las moi-même.*

— Si je ne puis obtenir de gré que vous accédiez à ma demande, reprit le commissaire, je vous préviens que je suis résolu à user de mon droit; et dès ce moment je vous défends de reparaître au Palais-Royal avec ces guenilles, ou je vous fais arrêter sur-le-champ.

— Les galeries du Palais sont publiques; la liberté individuelle est garantie par la Charte, et si l'on voulait la violer envers moi, il me resterait une ressource.

— Laquelle?

— Celle de me précipiter d'un cinquième étage.

En disant ces mots, l'homme à la longue barbe se leva; un sourire amer vint se placer sur ces lèvres, et sortant de l'auberge sans prononcer une parole de plus, il traversa la rue et regagna son hôtel, laissant son ami le commissaire stupéfait et très mécontent de l'inutilité de sa démarche.

Il paraît que monsieur le commissaire a réfléchi à la justesse de la réponse de Du-clos ; car six mois se sont écoulés depuis cette aventure, et l'homme aux haillons se promène encore chaque jour dans les galeries du Palais-Royal.

CHAPITRE V.

Duclos au théâtre de Bordeaux. — Aventure qui lui arrive à ce théâtre. — Suites heureuses qu'elle a pour lui.

Laissons de côté l'homme aux haillons, que nous retrouverons plus tard, et revenons à Duclos fasihonable, et donnant le ton à la jeunesse de son pays.

Nous avons dit que Duclos, jeune, beau

et riche, était devenu, à son retour dans sa ville natale, la coqueluche de toutes les belles dames de Bordeaux ; les bonnes fortunes pleuvaient pour notre héros, et le hasard lui ménageait des conquêtes auxquelles il n'eût peut-être jamais songé. Telle fut celle qu'il fit d'une dame très riche, un soir qu'il était allé au grand-théâtre dans l'unique but de se distraire des ennuis que lui causait l'inaction dans laquelle il languissait.

Duclos se promenait dans les corridors en attendant que la pièce commençât, lorsqu'une dispute très vive s'élevant tout à coup dans une loge vint frapper son oreille. Curieux, comme le sont tous les jeunes gens de son âge, il voulut connaître les motifs de la querelle. Il apprit qu'elle provenait de ce qu'une dame qui avait retenu des places pour elle et sa fille, et

trouvant ces places occupées, les réclamait
à trois individus qui paraissaient peu disposés à faire droit à sa réclamation, et s'é-
taient mis au contraire à l'injurier dans les
termes les plus grossiers et les plus incon-
venans. Duclos écouta pendant quelque
temps assez patiemment la dispute; mais
quand il entendit les cavaliers peu courtois
appuyer leur refus de rendre les places par
les expressions les plus triviales, il les somma
à son tour de rendre à qui de droit des places
qu'ils avaient usurpées. Un de quoi te mêles-
tu, muscadin? fut la réponse qu'il reçut à
son interpellation. Mais le muscadin qui n'é-
tait pas endurant, saisit le plus insolent
des trois tapageurs, l'élève à l'aide de son
bras d'hercule au dessus de la loge et ba-
lançant son frêle individu sur la tête des
spectateurs placés au parterre, et qui s'é-
taient écartés en voyant cette masse sus-

pendue et prête à descendre sur eux. Ran-
gez-vous ! place pour un ! s'écrie-t-il ; et il
allait le faire comme il le disait, si la dame
offensée et sa fille ne l'eussent supplié de ne
pas pousser plus loin sa vengeance. Leur
arrogant adversaire, bien souple alors, ne
demanda pas mieux que de vider la loge
avec ses compagnons dès que Duclos l'eut
remis sur pieds.

Tout rentra dans l'ordre après cet acte
de vigueur ; la dame témoigna sa gratitude
à son défenseur ; et comme il n'y a souvent de la reconnaissance à l'amour qu'un
pas, que Duclos était joli homme, le cœur
de l'obligée sensible, ce pas fut fait, et il
s'établit entre le protecteur et la protégée
un commerce d'intimité si décidé, qu'ils
finirent par vivre maritalement ensemble.
On assure même que la dame, qui était
très riche, se ruina pour notre héros. Si ce

dernier fait est certain, nous ne pouvons nous empêcher de dire que c'est pousser un peu loin la reconnaissance.

CHAPITRE VI.

—

La barrique de vin. — Un duel. — L'Homme aux
haillons et la Fille publique.

Si l'anecdote que l'on vient de lire
prouve de quelle force Duclos était doué
dans sa jeunesse, le trait suivant ne peut
que servir d'appui à cette preuve.

Un marchand de vin et sa servante faisaient d'inutiles efforts pour ébranler une barrique de vin de Bordeaux qu'ils voulaient changer de place et rouler contre la maison. Notre héros les contemplait d'une fenêtre où il se trouvait chez sa maîtresse, et souriait de les voir suer sang et eau, sans aboutir à rien; à la fin il s'informe de ce qu'ils prétendaient faire. Placer cette barrique contre le mur, répondent à la fois la servante et le marchand de vin. Vous n'y parviendrez jamais; attendez-moi, reprend Duclos; et il descend, prend la barrique, la soulève. Elle est fixée à la place indiquée.

Duclos, si vigoureux dans sa jeunesse, n'a presque rien perdu de sa force; et si le fashionable d'alors était à redouter, malheur à celui qui allumerait aujourd'hui contre lui la colère de l'homme aux haillons!

Une femme publique commit, il y a quelques mois, cette imprudence : elle fréquentait avec son amant la maison où Duclos prend ses repas, et dont nous avons déjà parlé. Un jour que notre *ci-devant incroyable* se trouvait à table, et que, sans s'inquiéter de ce qui se passait autour de lui, il engloutissait avec avidité dans son vaste estomac un dîner qui eût suffi à quatre personnes, la créature dont il est question entra à demi-ivre, en se disputant avec son amant; et tous deux vinrent se placer non loin de Duclos. Le gastronome en guenilles continuait de dévorer ce qui se trouvait sur son assiette, sans lever seulement la tête pour voir d'où provenait le bruit qu'il entendait. A la fin, impatienté pourtant de la longueur de la querelle des deux amans, et surtout d'entendre la femme crier de toute la force de ses poumons en vomissant un torrent d'injures, il lève les yeux, et dit en riant à l'amant de la mégère : Oh! qu'à votre place je lui aurais bientôt imposé silence, et avec un bon gourdin.....

Toi, vieux scélérat, vieux brigand, reprend aussitôt la femme, sans lui laisser le temps d'achever ; et une foule de mots plus trivials les uns que les autres pleuvent contre Duclos : Tu ne mourras que dans les fers! s'écriait-elle; on fera un cul de basse fosse de soixante pieds, et on t'y jettera comme un chien ! etc., etc.

Duclos écoute long-temps et avec assez de patience l'ignoble femme qui l'injurie. Tout à coup ses yeux s'enflamment, ses traits se contractent, ses dents se serrent, et un mouvement terrible annonce qu'il s'apprête à punir son audacieuse antagoniste; dans son aveugle colère, il a même armé

e sa main d'un couteau. A la vue du mouvement qu'il fait, la maîtresse de la maison
se hâte de crier: Sauvez-vous, Pauline!
Celle-ci ne se le fait pas répéter, et elle
a déjà gagné la porte; mais l'homme aux
haillons s'est levé, il poursuit Pauline, qui
se précipite dans l'hôtel où elle demeure,
et qui fait face à l'endroit où cette scène
avait commencé. Une de ses compagnes
qui se trouve là ferme vivement la porte
sitôt qu'elle est entrée, et veut s'opposer
au passage de Duclos, qui pousse la porte
avec violence et brise un carreau en l'ou-
vrant, et prenant par la main l'officieuse
amie de celle qu'il poursuivait, il lui fait
faire une pirouette à trente six tours, digne
d'une danseuse de l'Opéra. Malheureuse-
ment la nouvelle Terpsichore perdit l'é-
quilibre, et termina sa pirouette en allant
tomber dans un coin de la boutique, tan-

dis que Duclos, qui ne s'était pas arrêté
pour voir où elle irait tomber, continuait
de poursuivre Pauline dans l'escalier; mais
il lui fut impossible de l'atteindre, elle
avait eu le temps de gagner sa chambre et
de s'y renfermer : elle en fut quitte pour
la peur. Il n'en fut pas ainsi de sa compagne : la seule pression de la main de Duclos lui avait fait enfler le bras horrible-
ment; elle demeura quelques jours sans
pouvoir le bouger, et eut ainsi le loisir de
maudire l'homme aux haillons, dont la colère s'apaisa dès qu'il ne vit plus devant
ses yeux l'indigne objet qui l'avait allumée.

Quand il fut question de payer le carreau brisé, Duclos, à qui on en réclamait
le payement, répondit, selon sa coutume,
qu'il ne savait ce qu'on voulait lui dire; et
Pauline fut obligée de payer le dégât que
son imprudence avait occasionné.

Quelques jours avant, l'homme aux haillons avait déjà cassé chez son hôtesse une carafe du prix de deux francs. Cette femme demandait qu'il la lui payât. *Est-ce que tu ne l'as pas payée?* répliqua brusquement Duclos. — Si fait, mais..... — Eh bien ! puisqu'elle est payée, qu'est-ce que tu viens me réclamer? Et il lui tourna le dos sans vouloir jamais depuis entendre parler de la carafe.

CHAPITRE VII.

——

Les jeunes Royalistes.—— Mot d'ordre extorqué.——
L'Hôtel-Dieu.—— Fuite de Bordeaux.

Favorisé par l'amour et la fortune,
malgré les plaisirs qui venaient l'assaillir
de toutes parts, l'esprit méridional de Duclos conservait toute son exaspération. Il
apprit un jour que deux de ses amis, arrê-

tés pour avoir tenu publiquement quelques discours qui avaient révélé leur attachement à la cause des Bourbons, venaient d'être condamnés à mort par le tribunal révolutionnaire. Le lendemain devait les voir marcher au supplice. Ils n'auraient pas été les amis du jeune fashionable, qu'il leur eût suffi d'être royalistes, et royalistes persécutés, pour l'intéresser à leur sort : il résolut de les tirer du mauvais pas où les avait engagés leur zèle indiscret. Il fit part de son projet à quelques jeunes gens exaltés comme lui, et tous, d'une voix unanime, jurèrent la délivrance des prisonniers.

Mais il fallait des armes, un déguisement complet, et nos héros n'ont rien de tout cela. Duclos lève les difficultés : il se rend chez madame Latapie, directrice du théâtre, qui n'hésite pas à fournir les costumes dont on a besoin, et bientôt nos jeunes gens sont transformés en gardes nationaux. Les victimes que l'on voulait délivrer sont gardées à vue à l'Hôtel-Dieu de Bordeaux, et, pour parvenir jusqu'à elles, il est nécessaire d'avoir le mot d'ordre. Un individu qu'ils savent le posséder est invité par eux à souper; ils noient sa prudence dans le vin, et le mot tant désiré leur est révélé. Ils partent; ils répondent au *qui vive* des divers postes républicains devant lesquels ils sont obligés de passer, par le mot d'ordre *Victoire*. Ils arrivent ainsi jusqu'à l'Hôtel-Dieu. Là les baïonnettes achèvent le succès; les jeunes royalistes sont en liberté, et avant le jour ils sont, ainsi que leurs libérateurs, loin du théâtre de leur heureuse audace.

CHAPITRE VIII.

—

Le Roi de Cocagne. — Danger des applications.
— Peyronet et le général Lannes.

Notre héros se vit bientôt empêché
dans sa fuite : lui et un de ses complices
furent arrêtés à Saintes, et plongés dans les
prisons de cette ville. Leur procès s'instruisit. M. Ferrière, avocat distingué de
Bordeaux, accourut pour les défendre :

son éloquence détruisit la force de l'accusa-
tion portée contre ses cliens, ils furent
élargis.

Duclos revint à Bordeaux où il continua
d'être l'homme à la mode, et de donner le
ton à tout ce que la ville renfermait de
jeunes gens distingués ; mais toujours exalté dans ses opinions, il ne jouit pas long-
temps de la liberté qui venait de lui être
rendue, et une nouvelle imprudence le re-
plongea dans les fers.

Le gouvernement directorial avait suc-
cédé à la terreur qui trop long-temps avait
pesé sur la France. C'était un jour des Rois ;
Duclos, chez la maîtresse duquel il devait
y avoir le soir même une brillante réunion,
ne trouva rien de mieux à faire, en attendant l'heure de l'assemblée, que d'aller au
spectacle pour voir le *Roi de Cocagne* que
l'on y représentait. On doit penser que ce

fut plutôt par désœuvrement que Duclos alla au théâtre que pour tout autre motif, puisque la pièce qu'il allait voir n'était qu'une maligne critique de la royauté, et par conséquent formait un contraste marqué avec les opinions de notre enthousiaste.

Le parterre était garni des jeunes fashionables de Bordeaux. L'immortel auteur de la *loi d'amour*, celui qui depuis, placé à la tête de notre magistrature, fit peser son injuste main de justice sur la France, Peyronet enfin, était parmi eux. Le spectacle était commencé : tout à coup cet essaim d'étourdis se lève spontanément, et se tourne vers la loge royale qu'occupait le général Lannes. Tous lui font l'insolente application des paroles que vient de prononcer le roi de Cocagne : *Ici, tout est musiciens, jusqu'aux ânes.* Tous insultent le héros de

5.

Montébello par d'inconvenantes huées qui ne cessent que lorque les Basques, mandés à la requête du général insulté, paraissent et font main-basse sur cette troupe d'écervelés.

Duclos, Peyronet et leurs imprudens amis sont conduits à la prison de la commune. Là Duclos reçut le lendemain la visite de sa maîtresse qui avait appris sa mésaventure par la directrice du théâtre ; elle l'embrasse en pleurant : Ce n'est pas de pleurer qu'il s'agit, lui dit Duclos, je ne suis pas le plus à plaindre ici ; et il ajouta à voix basse : Tu m'apporteras demain un paquet de cordes et mon poignard ; il s'agit de sauver un malheureux père de famille condamné à mort ; tu vois que c'est plus urgent que de songer à moi. En vain sa maîtresse lui représenta qu'elle ne sait comment elle fera pour lui faire parvenir ce qu'il lui demande. — Fais comme tu voudras, répond Duclos, il me les faut. Le lendemain il eut ce qu'il désirait. Sa maîtresse avait soustrait les objets demandés à la vigilance des gardiens de la prison, en cachant le poignard dans ses cheveux et le paquet de cordes sous ses jupes. Le malheureux que Duclos avait entrepris de sauver devait être fusillé le jour suivant: c'était un ecclésiastique français, nommé Borde, qui avait émigré; mais il avait voulu revoir sa patrie avant de mourir. Ce désir, bien naturel à toute âme généreuse, lui coûta la vie; reconnu sous les vêtemens d'un garçon de bains, il fût arrêté aux allées d'Albret où il s'était caché.

Duclos ne se sentit pas de joie quand il eut entre ses mains les objets qu'il se proposait d'employer à la délivrance de Borde. Mais, hélas! sa joie ne fut pas de longue

durée; car dans la journée même le général, qui s'était laissé mal à propos intimider par les menaces des jeunes royalistes
de la ville rassemblés sous ses fenêtres, et
jurant sa mort s'il ne leur rendait leurs camarades, donna l'ordre de les mettre en
liberté.

Cet événement qui comblait de joie les
amis de Duclos, fut un coup de foudre pour
lui; il se voyait obligé d'abandonner le
malheureux prêtre à sa destinée. Mais prêt
à franchir avec ses camarades le seuil de
la prison, il se voit avec étonnement arrêté de nouveau. Une affaire plus sérieuse
que celle du théâtre motive en ce moment
son arrestation; sa captivité a changé d'objet : il est accusé d'assassinat sur la personne de Groussac, maire de Toulouse.
Toute communication avec qui que ce soit
lui est interdite. Quoique demeurant dans

la même prison que Borde, il ne lui reste plus aucun espoir de le sauver. Le malheureux prêtre fut exécuté le lendemain.

CHAPITRE IX.

———

Détention au fort du Hâ. — L'innocence recon-
nue. — Le meurtrier du maire de Toulouse se
vante de cet exploit. — Réponse qu'il reçoit de
Duclos.

Notre héros ne resta que peu de jours
dans la prison de la commune. Ayant sévi
contre un gardien qui avait voulu le mal-
traiter, et s'étant révolté contre les gen-

darmes qui s'étaient présentés au nombre
de cinq pour l'arrêter et le plonger dans un
cachot, afin de le punir de ce qu'il avait ré-
primé l'insolence du geolier d'une manière
tant soit peu illégale (il lui avait brisé une
cruche sur la tête), Duclos fut conduit au
fort du Hâ. Il y demeura quatre mois ; ce
ne fut qu'après ce temps que l'on instruisit
le procès. Alors il prouva que tandis que
l'assassinat du maire de Toulouse se com-
mettait à une lieue de Bordeaux , lui Duclos était à dîner dans une maison de la
ville. Il fut acquitté.

Durant sa détention, Duclos avait été
sur le point de se soustraire aux rigueurs
que l'on exerçait envers lui. Un jour que
l'on était venu le chercher à sa prison pour
le conduire à l'interrogatoire, les deux gen-
darmes chargés de l'escorter l'avaient fait
monter dans une voiture. Placé au milieu

d'eux, Duclos rêvait aux moyens de leur échapper : tout à coup il ouvre la portière d'une main, après avoir préalablement saisi de l'autre un de ses agens, qu'il mit ainsi dans l'impossibilité de faire un mouvement, et écrasé le second contre le coffre de la voiture avec son dos, s'élance à travers les allées d'Albret, et court, nonobstant les clameurs de ses gardes qui crient à la foule ameutée que c'est un voleur, se cacher au milieu des décombres d'une maison démolie.

Trahi par un enfant qui l'avait vu se glisser dans sa cachette, il fut découvert, et une force suffisante l'arracha du lieu où il s'était réfugié, pour le reconduire au fort du Hâ.

Duclos se trouvant long-temps après avec un des meurtriers de Groussac, entendit cet homme faire parade de ses

exploits contre les Jacobins. Il témoigna
par ses haussemens d'épaules réitérés tout
le mépris que lui inspirait un pareil lan-
gage; mais quand cet homme voulut van-
ter à Duclos lui-même le meurtre qu'il
avait commis sur la personne du maire, en
le faisant passer à ses yeux pour une ac-
tion louable, notre héros lui tourna le dos
en s'écriant : « Vous me faites horreur, je
ne vous reverrai de ma vie! » Il tint sa promesse, et n'eut depuis aucune espèce de relation avec cet homme.

~~~~~~

CHAPITRE X.

———

Le général Mergier. — Le capitaine de gendarmerie Fontet. — Le château de Monferrant.

Dès qu'il se vit libre, Duclos, pour évi-
ter de nouvelles persécutions, sortit de
Bordeaux, et n'y revint qu'après une ab-
sence de quatre mois passés sur un corsaire
avec lequel il avait fait une croisière.

C'était la troisième fois qu'il revenait a Bordeaux. Bonaparte, consul, avait fait place à Napoléon, empereur; c'était un titre de plus à la haine de l'exalté royaliste, qui ne voyait dans le vainqueur de l'Italie qu'un usurpateur. Partisan né de la légitimité, Duclos ne vit qu'avec chagrin le diadême des rois ceindre le front d'un soldat heureux: aussi notre héros ne manqua-t-il pas une occasion de déclamer contre le nouveau monarque. Ses paroles portaient toutes l'empreinte de la haine la plus invétérée, toutes étaient inconsidérées; elles attirèrent la surveillance d'une police ombrageuse sur celui qui les proférait. On ne trouva pas de moyen plus sûr pour le réduire au silence que d'enjoindre au capitaine de gendarmerie Fontet de le tuer partout où il le rencontrerait.

Duclos ne tarda pas à apprendre qu'on l'a-

6.

vait voué à la mort. Sa maîtresse elle-même, instruite par le général Mergier, commandant de la ville, de l'ordre fatal donné à Fontet, avertit son amant de se tenir sur ses gardes. Cette nouvelle, loin d'intimider Duclos, le fit sourire de pitié. Fontet me tuer! il n'est pas assez adroit pour cela, disait-il; d'ailleurs il n'osera pas le tenter, ajoutait-il un instant après. Mais sa maîtresse fondait en larmes et le suppliait de fuir, de quitter Bordeaux. Vaincu par ses instances, il promit de la satisfaire, et lui recommanda de lui faire tenir une barque prête pour le soir.

A peine l'a-t-elle quitté, qu'il charge une paire de pistolets, les met dans sa poche, sort et parcourt les promenades de la ville. A Tourny, il se trouve face à face avec Fontet, qui, feignant de ne pas le voir, se retourne et continue sa promenade. Le lâche! s'écrie alors Duclos ; je disais bien qu'il n'oserait pas ; je puis partir à présent.

Le château de Monferrant, à quelque distance de Bordeaux, lui parut un asile assuré contre la perfidie de ses ennemis ; il résolut de s'y rendre, et à cet effet s'embarqua le soir même sur la barque que sa maîtresse avait eu soin de lui faire tenir prête, d'après la recommandation qu'il lui en avait faite.

Le château de Monferrant appartenait à un de ses amis. Pendant quelques jours Duclos s'y plut assez ; mais ennuyé de la monotonie de l'espèce de réclusion à laquelle il était obligé de se vouer, notre héros quitta ce lieu d'exil, et fatigué à la fois et de Bordeaux et de Monferrant, il partit pour Paris.

6.

CHAPITRE XI.

Nouvelles persécutions.— L'Abbaye.— Fouché.

DE nouvelles persécutions attendaient
Duclos dans la capitale : à peine y fut-il
arrivé qu'il fut de nouveau privé de sa liberté, et conduit à l'Abbaye par ordre de
Napoléon lui-même, qui, tout en usant
de rigueur envers lui, n'épargna rien pour
se l'attacher, en adoucissant sa captivité

par tous les moyens imaginables. Duclos
eut cent écus par mois à dépenser dans sa
prison, où il était fort souvent visité par
le ministre de la police Fouché, dont le
but était de le faire consentir à prendre
du service pour l'empereur. Duclos eut re-
cours à la feinte pour recouvrer sa liberté:
il fit dire à Fouché qu'il consentait à
passer aux îles, et à partir sur l'escadre que
l'on armait à Brest pour cette destination.
Le ministre, fier d'avoir triomphé de la résistance du Superbe (Napoléon lui-même
le nommait ainsi quand il en parlait),
s'empressa de lui rendre la liberté; il lui
remit en outre un billet de cinq cents francs
pour frais de route de Paris à Brest. Mais
ce n'était pas vers cette ville que Duclos
avait intention de se rendre. Fouché vit
bientôt qu'il s'était joué à plus fin que lui:
lorsqu'il comptait apprendre de Brest que

6..

Duclos avait rejoint l'escadre , il apprit
avec étonnement et colère que le prisonnier de l'Abbaye n'avait profité de la
liberté qui lui avait été rendue , que
pour rejoindre ses frères d'armes, et qu'il
était dans la Vendée au milieu de l'armée
royale.

Et Fouché, honteux et confus,
Jura, mais un peu tard, qu'on ne l'y prendrait plus.

CHAPITRE XII.

Enrôlement volontaire de Duclos sous les drapeaux du Roi.— Pacification de la Vendée.—
Nouvelle captivité.

La Vendée, où se réunissait tout ce qui
conservait de l'attachement pour l'ancienne
dynastie, offrait à Duclos un asile assuré contre l'arbitraire dont depuis quelque temps il
n'avait cessé d'être la victime ; aussi ce fut
avec un enthousiasme sans égal qu'il revit
l'étendard des lis, objet de sa profonde

vénération. L'originalité de son caractère lui avait fait entreprendre le voyage en capucin plutôt qu'en homme qui court embrasser la carrière militaire ; et le général qui commandait l'armée vendéenne crut avoir affaire à un fou, lors qu'il le vit venir avec des sandales, et un bréviaire à la main, demander d'être reçu sous les drapeaux du Roi. Tout dans Duclos respirait et le fanatisme de la religion et l'exaltation guerrière ; il rappelait ces moines soldats, ces chevaliers du Temple si injustement mis à mort par Philippe-le-Bel. Mais bientôt le nouvel enrôlé prouva que son courage surpassait encore son originalité, et le nom du Superbe devint dans l'armée royale synonyme de brave.

Après la pacification de la Vendée qui survint bientôt après, Duclos revint à Bordeaux.

Il avait obtenu, comme tous les vendéens, un passeport signé par le général Hédouville, pour retourner dans ses foyers. Son superbe dédain pour tout ce qui émanait de la police de Fouché lui attira bientôt de nouvelles disgrâces. Ayant refusé de se conformer à la mesure prescrite à tout individu qui avait eu quelque part aux troubles de la Vendée, de montrer tous les dix jours régulièrement ses papiers à l'autorité du lieu de séjournement, il fut enlevé de Bordeaux et déporté au donjon de Vincennes, où il demeura pendant plusieurs années sous le poids d'une captivité que Fouché, loin d'adoucir, rendait chaque jour plus cruelle, dans l'espérance d'amollir enfin par la douleur cette âme d'une trempe peu ordinaire, et de faire condescendre à ses vœux un homme qu'il brûlait de gagner à la cause du maître de l'Empire.

Les souffrances de tout genre que Duclos endurait dans sa nouvelle prison ne
purent abattre la fierté de son caractère, ni
le faire varier dans ses opinions. On raconte qu'ayant reçu une couverture impré-
gnée de mercure, que lui avait donnée ses
geoliers, il s'en plaignit au ministre de la
police. J'ai froid, lui écrivait-il ; ces mauvais traitemens sont-ils commandés par
vous, et prétend-on me détenir indéfini-
ment? Fouché crut le moment favorable à
l'exécution de ses projets, et, se rendant
sur-le-champ à Vincennes, il offre à Duclos
une place brillante, lui fait entrevoir tous
les avantages qui résulteront pour lui de
son acceptation, et les conséquences dan-
gereuses d'un refus. On ne vous demande,
ajoute-t-il, en échange du bien qu'on veut
vous faire, que d'abjurer des principes er-
ronés, et de prêter serment à Napoléon.

Je ne prêterai jamais deux sermens, fut la réponse de Duclos ; je n'ai jamais su composer avec l'honneur ; et dussiez-vous me faire subir une captivité éternelle, dussé-je mourir dans les fers, je mourrai avec la conscience de n'avoir jamais trahi mes devoirs et mon roi.

Son transfert à Bicêtre fut aussitôt ordonné par le ministre, furieux d'avoir été de nouveau déçu dans son espoir.

CHAPITRE XIII.

Bicêtre.— Le Prisonnier d'état.— Barbarie d'un geolier.

Bicêtre, réceptacle de ce que le crime a de plus hideux partisans, renfermait aussi dans son sein des hommes dont la seule faute était d'avoir éveillé l'attention d'un gouvernement soupçonneux, par leur fermeté et la constance avec laquelle ils professaient les principes dont ils avaient été imbus dans leur

enfance. Le transfert de Duclos de Vincennes à Bicêtre, ainsi, loin d'adoucir sa
captivité, ne la rendit que plus rigoureuse.
Pendant le cours de sa longue détention
dans cet enfer où des furies à figures hu-
maines étaient constituées geôliers ; plusieurs tentatives d'évasion eurent lieu ; il
ne voulut jamais prendre part à aucune ;
il savait trop quelles funestes conséquences
un pareil projet, s'il échouait, pouvait
entraîner après lui : il avait entendu raconter plusieurs fois par un geôlier de la
prison l'horrible événement qui eut lieu à
une tentative d'évasion faite par les prisonniers, en 1806. Plusieurs d'entre eux
montèrent sur le toit de la maison ; d'autres
parvinrent jusqu'à gagner les champs ;
l'un d'eux se sauva, un autre fut tué ; et
tout le reste, poursuivi par la garde, les
porte-clefs et les paysans, fut ressaisi en

moins d'une heure. Un prisonnier d'état,
nommé D***, était encore assis sur le toit
d'un bâtiment à cinq étages, et criait à la
garde qui le couchait en joue, qu'il se rendait. Le curé de Bicêtre, qui se trouvait auprès des soldats, leur avait fait baisser les
armes, en disant aussi : Ne tirez pas, il se
rend. Aussitôt un barbare guichetier se
glisse à pas de loup derrière le malheureux qui ne l'aperçoit pas, et d'un coup
de pied dans les reins le précipite du haut
du toit en bas, où son sang et sa cervelle
rejaillirent sur le pavé. Tous les coupables
furent enchaînés et jetés dans les cachots.

En général, les prisonniers étaient trai-
tés à Bicêtre avec une barbarie sans égale
par leurs geoliers; un détenu commettait-
il une faute, ils le traduisaient au greffe,
et sur leur rapport, le concierge disait
toujours : au cachot.

Un ancien capitaine de navire, âgé de
soixante-seize ans, était détenu à Bicêtre
par mesure de haute-police; une altercation avec le concierge le fit mettre au cachot
dans le fort de l'hiver: il eut les pieds gelés
le lendemain. On le transporta au greffe.
Ses jambes étaient devenues d'une énorme
grosseur; la chaleur du poêle près duquel
on l'avait mis fit dilater la peau qui creva, et
plus d'une pinte d'eau inonda le plancher.
Plusieurs autres détenus eurent également
les pieds gelés, et à tel point, qu'ils se dé-
tachèrent à l'infirmerie, et restèrent dans
les mains du chirurgien qui les pansait (1).

---

(1) En 1818 et 1819, beaucoup d'abus ont
été réformés dans la prison de Bicêtre. Le doc-
teur Pariset s'exprime ainsi, dans le rapport
qu'il fit, en 1819, au conseil général des prisons:
J'ai vu Bicêtre à deux époques différentes: dans

Nous n'avons jeté ces détails dans notre narration que pour donner à nos lecteurs une idée de tous les genres de souf-
france physique et morale que dut éprou-
ver notre héros dans l'horrible prison de
Bicêtre, d'où il ne sortit que le lendemain
de la première entrée des alliés à Paris :
ainsi ce fut à la présence de l'étranger
dans nos murs (événement que lui-même
peut-être n'eût jamais osé espérer), que
Duclos dut sa délivrance.

------

l'une, Bicêtre rivalisait l'enfer des poètes; dans
l'autre, qui est l'époque actuelle, il s'administre
comme un couvent. (*Description historique des
prisons de Paris*, par Saint-Edme.)

CHAPITRE XIV.

Les cent-jours. — Nouveau départ pour la Vendée. — Duel. — Fuite en Italie. — Mot de Louis XVIII.

Duclos se voyait libre enfin : la dynastie pour laquelle il avait fait tant de sacrifices était remontée sur le trône; un nouvel avenir, un avenir de bonheur semblait devoir se lever enfin sur notre héros. Les rêves de l'ambition vinrent alors s'emparer de son âme ardente, il s'y abandonna.

7..

Qui mieux que lui méritait d'ailleurs qu'on réalisât de pareils rêves? sang, fortune, n'avait-il pas tout prodigué pour ses anciens maîtres? Ils devaient le récompenser; pour l'amour d'eux il avait tant souffert!

Mais le géant des victoires, celui qui, pendant vingt années, avait promené sur le monde entier son char de triomphe, n'était qu'endormi; il se réveilla, et de nouveau les rois tremblèrent.

La nouvelle du retour imprévu de Napoléon et de son débarquement à Cannes vint déjouer tous les projets de Duclos, et reculer pour lui le jour des récompenses. Hélas! ce jour ne devait jamais luire pour lui. Reparti de nouveau pour la Vendée, il ne put supporter une insulte qu'il aurait dû mépriser, et son avenir fut compromis à jamais. Un jeune colonel de l'armée royale, fier des prérogatives d'un nom

qu'il tenait de ses aïeux, et que par cela
seul il ne devait qu'au hasard, eut la sot-
tise d'appeler Duclos roturier. Je m'en fais
gloire, répond Duclos; un roturier qui se
bat pour son pays et son roi vaut un noble
qui se bat pour conserver de vieux parche-
mins. Un cartel suivit cette altercation, et
le fer roturier de Duclos perça la poitrine
du noble provocateur : il resta sur la place.
Quoique notre héros ne fût pas l'agresseur,
il se vit contraint de sortir de France pour
échapper à la vengeance d'une famille
puissante à qui il venait de ravir un de
ses membres. Il passa en Italie. Les parens du mort, s'étant jetés aux genoux de
Louis XVIII pour demander qu'on punît
l'*assassinat* qui plongeait toute une famille
dans la désolation, n'en obtinrent que cette
réponse : Duclos m'a fait trop de bien pour
que je lui fasse du mal; mais je vous pro-

mets de ne jamais lui faire de bien. C'est
cet arrêt fatal qui pèse encore aujourd'hui
sur Duclos, et le réduit à la condition hu-
miliante où nous le voyons : malheureuse
si elle est réelle, pénible si elle n'est qu'ap-
parente.

CHAPITRE XV.

Retour en France. — Trait de générosité.

L'EXIL auquel l'avait condamné sa malheureuse affaire de la Vendée, causa à Duclos une maladie dangereuse : il avait vu en un instant s'évanouir ses brillantes espérances, ses projets de bonheur; ses frères d'armes revoyaient la France, et lui, sur un sol étranger, languissait dans le plus absolu dénuement. Dépouillé de tout ce qu'il possédait, ce ne fut qu'avec les secours que ses tantes lui firent passer, que Duclos put enfin quitter l'Italie, et rentrer en France, quand il crut que l'active poursuite de ses puissans ennemis devait s'être enfin ralentie.

Il ne fit que passer à Bordeaux; mais dans le court séjour qu'il y fit, il eut encore occasion de déployer sa grandeur d'âme et sa générosité envers un de ses plus ardens ennemis, le nommé Solignac, ex-membre du bureau central. Ce malheureux était tombé entre les mains d'un groupe de royalistes qui tous l'accablaient des plus terribles invectives, et ne voulaient rien moins que l'étrangler. Duclos passait en ce moment sur la place de la Comédie, où avait lieu le tumulte, donnant le bras à sa maîtresse qu'il menait voir l'opéra d'*Aline*. Il entend les cris, les vociférations de la multitude : quitter brusque-

ment sa maîtresse, voler au secours de
Solignac, se faire jour à travers les éner-
gumènes qui ont juré la mort de l'ex-con-
ventionnel qui, le 29 thermidor, avait com-
mandé le feu sur le peuple ; tout cela est
l'affaire d'un moment pour Duclos. Lâches,
crie-t-il à ceux qui l'entourent, laissez aller
cet homme, ou je vous extermine! Puis
s'adressant à Solignac pâle et à demi-mort :
Ne craignez rien, lui dit-il ; c'est moi qui
vous ramène chez vous. L'attitude impo-
sante et le son de voix terrible du Superbe
produisent l'effet qu'il en attend ; chacun
lâche prise : on accable encore Solignac
d'injures ; mais personne n'ose plus rien
entreprendre contre lui. Duclos ne le quitte
qu'après l'avoir remis chez lui. Prêt à
quitter son libérateur, Solignac ne sait en
quel termes lui exprimer sa reconnaissance ; il le conjure d'accepter de l'or, de

disposer de ses services ; mais Duclos répond : ils étaient douze contre vous, je
n'ai pas dû souffrir qu'on vous assassinât ;
du reste, je ne veux rien de vous, rien,
pas même votre amitié ; je n'en saurais que
faire ; et, sans attendre la réponse de Solignac, il lui tourne brusquement le dos et
s'éloigne.

Quelques jours après cette aventure,
Duclos quitta Bordeaux pour se rendre à
Paris; c'était là que tendaient tous ses vœux;
c'était là qu'il espérait enfin recueillir le
fruit de tant de sacrifices faits au triomphe
de la dynastie régnante, de tant de maux
endurés pour elle.... Son espoir devait encore être déçu.

CHAPITRE XVI.

—

Royale ingratitude. — Le faux Ami.

Arrivé à Paris, Duclos crut pouvoir élever ses prétentions en raison de l'importance de ses services; les offres qu'on lui fit ne répondant pas à ses espérances, il les rejeta, étonné d'abord de la mesquinerie de ces offres. Duclos persista dans ses prétentions à une récompense plus digne de ses services; mais bientôt le mot de Louis XVIII, qui lui fut rapporté, lui donna la clef de

la conduite tenue envers lui par le Souverain. Duclos ne put croire à tant d'ingratitude ; il devait penser avec justice qu'elle
ne pouvait durer. Il ne se rebuta point,
et ne cessa de solliciter avec une persévé-
rance digne d'un meilleur sort ; il apprit
trop bien que les rois reviennent rarement
sur l'arrêt qu'ils ont prononcé. Les refus devinrent de plus en plus positifs : on
oublia ou on feignit d'oublier tout-à-fait
le dévouement de notre héros. Ce fut alors
que Duclos se tourna vers les compatriotes
puissans qu'il avait à Paris, pour qu'ils ap-
puyassent sa demande auprès du Souverain.
Il s'adressa particulièrement à son ami de
jeunesse, Peyronet, alors ministre de la
justice. Mais Duclos était malheureux, il
fut méconnu par le nouveau parvenu, qui
se contenta de lui offrir quelques secours
pécuniers que Duclos rejeta avec mépris.

Ce fut alors que, dégoûté de l'ingratitude
de ses semblables, Duclos prit la résolution de signaler aux yeux de ses conci-
toyens l'injustice des grands, et, par une
idée de vengeance qui ne pouvait être con-
çue et exécutée que par une âme fière et
indépendante comme la sienne, il ne parut plus en public que couvert de la livrée
de l'indigence. Louis XVIII mourut sur
ces entrefaites; mais sa mort n'apporta
aucun changement dans la situation de
Duclos; il avait légué l'exécution de sa fa-
tale promesse à son successeur, qui, depuis
plus de cinq années, n'a cessé de la remplir
fidèlement.

8.

~~~~~~~~~~~~~~~~~~~~~~~~~~~~~~~~~~~~

CHAPITRE XVII,

———

Jadis et aujourd'hui.

Nous avons fait passer la vie de Duclos sous les yeux de nos lecteurs ; chacun peut juger, par l'analyse que nous en avons donnée, de ce qu'il fut jadis ; il nous reste maintenant à mettre en parallèle ce qu'il est aujourd'hui.

Duclos, jadis le plus élégant, le plus maniéré des hommes, l'oracle de la mode, déchu de son ancienne opulence, n'offre plus aujourd'hui qu'un tableau repoussant de ce que la malpropreté a de plus hideux ; et, si l'on en croit les on dit, un vœu serait la seule cause du contraste qui existe entre Duclos le fashionable et Duclos l'homme aux haillons. Trompé dans ses espérances, rebuté par ceux que la reconnaissance eut dû engager à lui tendre une main secourable, et qui sont d'augustes personnages, l'ex-vendéen aurait formé le vœu de mortifier, par la vue de ses haillons, les ingrats qui méconnurent l'être grand et généreux qui les servit sans leur avoir jamais vendu ses services. Mais les regards qu'il veut blesser se sont-ils jamais arrêtés, s'arrêteront-ils jamais sur la misère de l'homme aux haillons? Chétif esclave, confondu dans la foule, il est si loin de l'œil du maître ; sept années voué à la cendre et au silice ! sept années d'opprobre et d'humiliation pour

8..

le plaisir de confondre d'illustres ingrats;
il y a là quelque chose de grand sans doute,
mais l'exaltation de l'homme du Palais-
Royal n'a-t-elle pas dégénéré en monoma-
nie? La belle âme de Duclos est-elle de-
meurée pure dans l'état d'avilissement où
il s'est volontairement réduit? nous en dou-
tons. Des renseignemens certains, pris sur
sa façon de vivre actuelle, nous ont fourni les détails suivans: ils donnent à penser
qu'en adoptant le costume de *Diogène*, Duclos en a pris aussi le cynisme, depuis quelque temps du moins. Puisse-t-il, à l'expira-
tion de son vœu (si toutefois vœu il y a), et
dont le terme serait fixé au 1er janvier 1831,
abjurer entièrement aux coutumes de
l'homme aux haillons, et reprendre son
ancienne urbanité!

Nous avons déjà dit dans le cours de
cette histoire que Duclos qui ne change

plus de linge depuis quelques années,
quitte sa chemise chaque soir en se cou-
chant. Quelle que soit notre admiration
pour le héros dont nous écrivons la vie,
nous devons à la vérité de dire que Duclos, dont la chambre, dans l'hôtel qu'il
occupe, est au troisième étage, ne craint
pas, pour satisfaire à des besoins naturels,
de monter sans rien jeter sur lui jusqu'à
l'étage au-dessus, poussant ainsi le cynisme
jusqu'à passer *in naturalibus* devant. les
personnes qu'il est susceptible de rencon-
trer dans l'escalier. Ce fait nous a été at-
testé par plusieurs femmes qui à diverses
fois ont vu, de leurs propres yeux vu,
l'homme aux haillons dans cet état de nu-
dité. Sans doute les femmes dont les hô-
tels de la rue Pierre-l'Escot sont peuplés,
ne sont pas bien susceptibles sur l'article
des mœurs ; mais encore est-il vrai qu'un

tel oubli de toute décence est indigne de e
celui qu'on pouvait autrefois citer pour 1
modèle en fait de réserve et de modestie. . .
C'est en réfléchissant au disparate qu'offre e
Duclos entre jadis et aujourd'hui, qu'on 1
peut s'écrier avec raison : *Quantùm mu-*
tatus!

CHAPITRE XVIII,

Situation actuelle de Duclos.— L'homme modèle.
— Quelques anecdotes.

Nous allons soumettre à nos lecteurs le tableau de la situation actuelle de notre héros et du genre de vie qu'il a embrassé : d'abord une insouciance complète semble être devenue le type de son caractère, surtout quand il s'agit de quelque chose qui est de nature à reporter ses idées vers le passé. A ce sujet, on nous a conté le trait suivant :

Duclos était, il y a quelques mois, à dîner chez la fruitière où il a coutume de prendre ses repas, lorsque des individus entrent et lui présentent les quittances de loyer d'une ferme qu'il possède en Gascogne, en le priant de les signer; ils se disposaient même à lui compter l'argent qui lui revenait comme prix de fermage, lorsque Duclos se lève avec vivacité, d'un revers de main jette à bas de la table les papiers qui s'éparpillent dans la boutique, et sort en disant : je ne sais ce que vous voulez dire.

On nous a assuré que Duclos possédait aussi plusieurs maisons à Bordeaux, et que, par suite de l'insouciance dont nous parlons, il aurait défendu qu'on en tirât aucun parti, en les louant, soit partiellement, soit en totalité. Nous avons peine à ajouter foi à des *on dit* aussi absurdes.

Il est certain que Duclos possède encore un revenu de 1200 francs que lui ont légués ses tantes de la Réole ; et pourtant il ne vit que du petit tribut journalier qu'il prélève au Palais - Royal , sur les anciens amis qu'il y rencontre. A ce sujet, son hôtesse me disait dernièrement : Depuis quelques jours Duclos n'avait pas fait de bonnes recettes, car il était restreint dans son appétit : aussi était-il de mauvaise humeur ; on eût dit d'un lion, aux regards qu'il jetait autour de lui. Mais hier, ajouta cette femme , les fonds avaient haussé, car il a mangé deux forts plats de côtelettes de porc frais. Ce mets semble être celui que Duclos préfère ; son estomac s'en accommode facilement, *quoique ça soit bien lourd.* Ce qui est aussi à remarquer, me disait encore cette femme, c'est que depuis

quatre ans qu'il mange chez moi il n'a pas
encore mangé de soupe ; *il n'a pris que*
deux ou trois fois au plus un bouillon.

Outre la petite rente que Duclos s'est fait
sur la bourse de ses anciennes connais-
sances, il reçoit aussi une petite gratifica-
tion de M. T. . . . ., peintre, demeurant
dans le passage des dames Sainte-Marie,
au faubourg Saint - Germain. Duclos à
la haute stature, aux membres découplés,
à l'hercule, se rend tous les jours chez lui,
et lui sert de modèle pour la pose de ses
personnages. Les gens qui habitent dans le
passage ne le désignent que sous le nom
du *père Barbu.*

Dans ses promenades au Palais-Royal,
Duclos rencontre souvent des personnes
qui, émues de compassion à l'aspect des
haillons qui le couvrent, veulent lui donner de l'argent : Je ne reçois rien, leur ré-

pond fièrement l'homme à la longue barbe;
et dernièrement il lui est arrivé de ré-
pondre brusquement à un étranger distingué qui voulait lui glisser quelqu'argent
dans la main : Gardez votre argent, j'en ai
peut-être plus que vous.

Un jour encore, le garçon d'un marchand tailleur l'arrête en passant dans les
galeries, et lui dit que quelqu'un l'attend
dans la boutique et désire lui parler.
Duclos entre, et trouve un Anglais qui le
prie d'accepter un habillement complet
dont on va lui prendre mesure. L'homme
aux haillons fixe pendant quelques minutes
celui qui lui fait cette proposition, et qui
lui est totalement inconnu, secoue la tête
en signe de refus, tourne le dos, sort et
continue sa promenade.

Duclos ne parle à personne dans l'hôtel
qu'il occupe, pas même à la maîtresse de l'

la maison ; chaque jour il reste couché jusqu'à deux ou trois heures de l'après midi ; puis il descend, et sort sans s'arrêter que pour accrocher sa clef dans la boutique ; de là il va vaquer à ses occupations habituelles, rentre le soir à onze heures, prend sa chandelle en silence, jette une pièce de vingt sous sur la table et monte dans sa chambre.

Son genre de vie mystérieux, bien plus encore que la vétusté de ses haillons, l'ont fait soupçonner plusieurs fois de vagabondage par la police ; deux fois les bancs de la police correctionnelle l'ont reçu sous cette prévention : la première fois il fut acquitté. Voici le compte que la *Gazette des Tribunaux* rend de la seconde affaire.

POLICE CORRECTIONNELLE DE PARIS.

SIXIÈME CHAMBRE.

Présidence de M. Meslin.

Audience du 30 décembre 1828.

—

L'HOMME A LA LONGUE BARBE DU PALAIS-ROYAL.

Il y avait, il y a trente ans environ, à Bordeaux, un jeune homme issu d'une famille riche, mais non titrée, donnant le ton aux *fashionables* de l'époque, renommé par son adresse dans tous les exercices du corps. Personne ne maniait un cheval avec plus de grâce et ne donnait un coup d'épée avec plus de dextérité (1). Il n'était pas

---

(1) Duclos, qui peut-être n'a pas son pareil

9.

de joyeuse réunion, de partie d'honneur, dont il ne fût le coryphée ou l'arbitre. Tout ce que Bordeaux renfermait de jeunes gens à la mode, de riches fainéans, d'heureux désœuvrés, recherchait sa société et prenait sur lui modèle. Trente années se sont écoulées; la révolution a dispersé cet essaim d'étourdis. Plusieurs ont surnagé dans la foule; il en est même qu'on a comptés

---

pour l'adresse dans le maniement de quelque arme que ce soit, ne voulut jamais recevoir de leçons d'aucun professeur d'escrime. Si j'ai le malheur de tuer jamais mon semblable, leur disait-il, je ne veux pas du moins qu'il soit dit que je l'ai appris. Il n'était pas moins adroit au pistolet qu'à l'épée; souvent il posait un chapeau à terre, y appliquait un fragment de papier de la grandeur d'une pièce de vingt sous, l'ajustait à la distance de quarante pas, et ne manquait jamais de l'enlever.

parmi les hommes marquans de l'époque; notre notabilité gasconne s'est retrouvée à Paris avec eux. Mais qui devinerait l'homme de salon, le petit-maître à grandes prétentions, le héros de la mode dans cet homme à longue barbe et couvert à peine de mauvais haillons, qui promène chaque jour le luxe de sa misère dans les galeries brillantes du Palais-Royal?

Chodruc - Duclos se fit remarquer par l'exaltation de ses principes dans les réactions de l'an V. 1815 le retrouva avec ses souvenirs et des exigences qu'un ancien dévouement semblait en quelque sorte légitimer.

Chodruc-Duclos fit le voyage de Gand; il y fut même investi de fonctions provisoires. Lorsque le jour des récompenses fut arrivé, cet ardent serviteur éleva ses prétentions en raison de l'importance qu'il attachait à

9..

ses services. Une place de maréchal-de-
camp fut l'*ultimatum* de son ambition (1).
Le titre de l'emploi de capitaine de gendarmerie lui fut, dit-on, offert. Il refusa tout;
il refusa même, assure-t-on, un régiment.
Ballotté long-temps entre ses espérances et
des refus qui devenaient plus positifs à mesure que la date du dévouement devenait
plus reculée, Chodruc-Duclos vint, il y a
cinq ans environ, à Paris, solliciter en personne auprès d'un homme puissant; il n'en
obtint alors qu'une offre de 150 francs,
qu'il repoussa avec dédain.

Dénué de tout, n'ayant que les habits
qu'il portait sur lui et qui étaient le pro-

---

(1) Le brevet de maréchal-de-camp avait déjà
été délivré à Duclos dans la Vendée, par le général Laroche-Jacquelin; à la restauration, on
lui refusa la confirmation de ce brevet.

duit d'une souscription ouverte à son profit par quelques-uns de ses compatriotes, il
embrassa le genre vie qu'on lui connaît. Il
laissa pousser sa barbe, ne changea plus
de vêtement, et chaque jour, depuis cinq
années, on a pu le voir au Palais-Royal,
se promenant les mains derrière le dos, la
tête haute, offrant un pénible contraste
avec l'appareil du luxe déployé de toutes
parts dans le grand bazar parisien.

« Les bancs de la police correctionnelle
le virent, il y a peu de temps, prévenu de
vagabondage. On apprit alors avec étonnement qu'il possédait plusieurs propriétés
en Gascogne, qu'il négligeait d'en perce-
voir les revenus, et qu'il ne vivait que
d'aumônes déguisées sous le nom d'em-
prunts ; du reste, comme il justifiait d'un
domicile fixe et habituel, il fut renvoyé de
la plainte, et recommença son train de vie.

C'est dans ces circonstances qu'il a été arrêté de nouveau, et cette fois sous la double prévention de vagabondage et d'outrage public à la pudeur. Son arréstation à l'époque où nous nous trouvons semble en quelque sorte être une conséquence du soin que prend chaque année l'autorité de faire disparaître du Palais-Royal les filles de mauvaise vie qui encombrent ses galeries. Elle n'aura sans doute pas voulu, d'une part, que les yeux des honnêtes mères de famille fussent à chaque pas blessés par la vue d'effrontées courtisanes; et d'autre part, que Chodruc-Duclos apparût en véritable *Croque-Mitaine* aux yeux des enfans qu'on amène en ces lieux pour les faire jouir à l'avance de la vue des trésors dont le jour des étrennes leur fournira leur part.

Chodruc-Duclos s'est d'abord refusé à

toute explication. Il a fait entendre par signes au commissaire de police qu'il ne répondrait qu'à ses juges. Aujourd'hui il s'est présenté habillé comme il l'était lors de la première prévention, sauf les ravages que le temps a faits depuis quelques mois aux lambeaux dont il était alors couvert.

M. le Président : Vous êtes inculpé de vagabondage. Quels sont vos moyens d'existence ?

Chodruc-Duclos : J'emprunte à ceux que je connais, et qui savent que je pourrai leur rendre.

M. le Président : Pourquoi donc, si vous trouvez des gens disposés à vous prêter, n'empruntez-vous pas de quoi vous vêtir plus décemment.

Duclos : Je n'emprunte que ce qui m'est strictement nécessaire pour les besoins de la vie animale. Au reste, je suis comme

j'étais lorque j'ai paru devant vous. Je loge
toujours rue Pierre-Lescot, et depuis cinq
ans je n'ai pas découché. Ce n'est pas là
être un vagabond ; vous l'avez déjà jugé.

M. le Président : Vous êtes inculpé aujourd'hui d'un autre délit. On vous accuse
d'outrager publiquement les mœurs par
la manière dont vous êtes vêtu, et qui laisse
à découvert plusieurs parties de votre
corps.

Duclos : Je ne crois pas avoir jamais
ainsi porté atteinte à la pudeur ; j'ai soin
chaque jour, avant de sortir, de réparer,
autant que faire se peut, les dégâts que le
temps a faits à mes vêtemens.

Les témoins entendus sont les inspec-
teurs de police qui ont arrêté *l'homme à la
longue barbe,* sur la plainte de plusieurs ha-
bitans du Palais-Royal, et sur l'ordre de
M. le commissaire de police.

Le tribunal a écarté par son jugement
la prévention de vagabondage, et a dé-
claré constante celle d'outrage public à la
pudeur; mais, prenant en considération les
circonstances atténuantes de la cause, il a
condamné Duclos à quinze jours d'empri-
sonnement.

———

Lettre de S. A. R. Louis-Stanislas-Xavier,
comte de Provence, depuis Louis XVIII,
à M. Imbert-Colomès.

Turin, 29 janvier 1794.

« J'ai appris avec plaisir, Monsieur, que
» vous êtes échappé aux persécutions des
» destructeurs de notre patrie; j'ai lu avec
» tout l'intérêt que vous devez être bien
» fier de m'inspirer toujours, la relation de
» votre pénible évasion. Je regrette bien
» que vous n'ayez pu demeurer en Pié-
» mont; c'eût été pour moi une bien douce
» satisfaction de vous voir, de donner
» moi-même, en vous parlant, à votre
» conduite, tous les éloges qu'elle mérite;
» et j'ose me flatter qu'en parlant au roi
» (de Sardaigne), mon beau-père, de tous
» les services que vous avez rendus à une
» cause qui est la sienne, je vous aurais
» obtenu sa protection. Mais sans me li-
» vrer à de vains regrets sur le passé, je
» saisis avec empressement l'occasion que

» s'offre de vous être utile; et puisque vous
» désirez passer en Russie, je vais écrire
» au comte Esterhazy pour lui annoncer
» votre arrivée. Il rendra compte à l'impé-
» ratrice de ce que vous avez fait; et il
» n'en faudra pas davantage pour vous as-
» surer un accueil digne de votre fidélité,
» de votre courage, de vos travaux et de
» vos malheurs. Soyez bien persuadé, Mon-
» sieur, de tous mes sentimens pour vous.
» *Signé*, LOUIS-STANISLAS-XAVIER. »

M. Imbert-Calomès reçut dans le même
temps la lettre suivante que S. A. R. Mon-
seigneur le comte d'Artois lui avait écrite
le 16 janvier 1794, de Hamm, où il faisait
alors sa résidence.

« Je ne pouvais pas recevoir de plus
» douce consolation, Monsieur, qu'en
» apprenant l'heureuse délivrance d'un
» homme qui a servi son roi avec au-
» tant de fidélité et de constance que vous.
» C'est du fond de mon cœur que je vous
» rends une justice bien méritée.
» Puisque vos affaires vous appellent en

10

» Russie, je ne puis qu'approuver ce pro-
» jet; et je joins ici une lettre pour S.
» M. I. Le comte Esterhazy sera prévenu
» de votre arrivée; ainsi vous n'éprouve-
» rez aucune difficulté à la frontière. Mais
» je dois vous prier, vous ordonner même
» de ne prendre que le temps nécessaire
» pour terminer vos affaires, et de vous
» rapprocher ensuite de notre patrie aussi
» fidèle que malheureuse.

» Lyon sera délivré, Lyon sera rétabli;
» et nos rois n'oublieront jamais la mémo-
» rable conduite de cette fameuse cité.
» Enfin, vous concourrez plus qu'un autre
» à y faire renaître et à y maintenir la pros-
» périté et le bonheur.

» Comptez à jamais, Monsieur, sur tous
» les sentimens d'estime que je me plais à
» vous devoir.

» *Signé*, Charles-Philippe. »

LE
NOUVEAU DIOGÈNE.
COMPLAINTE
SUR
L'HOMME AUX HAILLONS
ET
A LA LONGUE BARBE.
PAR M. JOVIAL,
HUISSIER-CHANSONNIER.

~~~~~~

AU LECTEUR.

———

Savez-vous, ami lecteur, qu'il est fort heureux pour vous que quelqu'un se soit imaginé d'éditer l'histoire de l'homme à la longue barbe, et que ce quelqu'un-là soit précisément mon ami, puisque, sans cette double circonstance, vous eussiez été privé à tout jamais du plaisir de connaître la sublime complainte qui va suivre. Elle vous ravira, j'en suis sûr: tous les vers en sont faits par moi, et dieu merci on sait qu'en fait de poésie personne n'en remontrera à Luc-Marc-Roch Jovial, huissier de profession et chansonnier enragé, s'il en fut.

Jugez combien la circonstance qui m'a fourni le sujet de ma complainte a dû animer ma verve. Moi, pour qui tout est matière à chansons, je voyais paraître sur les bancs de la police correctionnelle un homme dont l'accoutrement seul, en tranchant avec son air de noblesse, a quelque chose de grand, de sublime, de poétique enfin; et puis l'intérêt qu'offraient les débats, les questions adressées au prévenu, ses réponses; tout cela m'avait séduit, entraîné. Aussi ai-je obéi au délire de mon imagination; et sitôt que la séance a été terminée, que le jugement a été rendu, j'ai couru chez moi, et tout d'une haleine j'ai couché mes inspirations sur le papier. Il faut avouer que c'est un bien joli morceau que ma complainte (1); je l'ai gardée,

_____

(1) M. Jovial a raison; nos plus grands poëtes n'ont jamais rien fait de pareil. (*Note de l'éditeur.*)

il est vrai, en porte-feuille pendant fort long-temps (1), mais le plaisir que vous ressentirez en la lisant, pour avoir été différé, n'en sera que plus vif.

Il n'a fallu rien moins que les pressantes sollicitations de mon ami l'éditeur pour m'engager à me dessaisir de mon chef-d'œuvre. Je ne voulais partager le bonheur de le connaître avec personne. Ma complainte, une fois livrée à l'impression, pouvait tomber entre les mains de gens trop ignorans pour bien l'apprécier; un manœuvre-maçon, par exemple, pouvait l'acheter tout comme un autre, et cela pour le seul plaisir d'avoir une complainte à piailler en montant à l'échelle avec son auge sur la tête; son oreille barbare et insensible au rhythme poétique, ne verrait dans la sublimité de mes vers qu'une poésie très-ordinaire, et ne ferait aucune différence de ma complainte avec celle de Fualdès ou de Papavoine. Ces idées me faisaient mal; et, je le répète, sans les

(1) Le jugement rendu contre Duclos, par le tribunal de police correctionnelle, daté du 31 décembre 1828.

instances de l'éditeur de l'histoire de l'homme à la longue barbe, jamais ma complainte n'aurait vu le jour ; je me serais contenté de la lire et relire moi seul, comme j'ai fait tous les jours depuis que mon cerveau est accouché de cette admirable production.

Une fois que j'ai été décidé à livrer mon chef-d'œuvre à l'impression, je n'ai pas voulu être généreux à demi ; et, afin que le grand et le petit, que le riche et le pauvre pussent jouir du bienfait littéraire que j'accorde à ma patrie, qui tôt ou tard s'en montrera reconnaissante, j'ai obtenu de l'éditeur que ma complainte se vendrait non-seulement avec l'histoire de l'homme aux haillons, mais encore séparément, pour n'en priver personne, et vu que, par le temps qui court, il y a plus de petites bourses que de grosses. Malgré cela, achetez les deux objets réunis autant que faire se pourra, car c'est aussi quelque chose de bien curieux que l'histoire de mon héros ; elle vous apprendra que celui que vous regardez comme un gueux n'est rien moins que cela ; qu'il a rendu autrefois des services éminens à de grands personnages,

qui n'ont pas l'air de s'en souvenir du tout
aujourd'hui. Vous aurez des détails sur
toutes les particularités de la vie de cet
être mystérieux. Enfin.... Mais non, je
ne veux pas tout vous dire; ayez la curiosité de voir par vous-même ce dont il
s'agit. Achetez, achetez, vous ne vous
en repentirez pas; vous ne ferez pas de
peine à l'éditeur, et vous jouirez d'un plaisir que vous devrez tout entier à votre dé-
voué serviteur.

Luc-Marc-Roch JOVIAL,
Huissier-Chansonnier.

Nota. Mon ami l'éditeur, a commenté
ma complainte, en mettant des notes à la
plupart des couplets. Le lecteur verra avec
satisfaction que le commentateur était
digne d'analyser l'ouvrage du poète, et
qu'il ne lui cède en rien pour la beauté du
style.

COMPLAINTE

SUR

HOMME A LA LONGUE BARBE

AIR : *Du Maréchal de Saxe.*

LE trente-et-un de décembre
De l'an mil huit cent vingt-huit,
Chodruc-Duclos fut traduit
Devant la sixième chambre,
Où le correctionnel
Se juge réputé tel (1).

Pour faire un salut honnête,
A nos messieurs du bureau (2),
Duclos, ôtant son chapeau,
Se découvre ainsi la tête (3);
Puis, sitôt incontinent,
Lui parle le président (4).

Je connais votre visage,
Dit-il, puisque l'an passé
Vous parûtes accusé
D'insigne vagabondage ;
Aujourd'hui, tout comme alors,
Ce délit vous prend au corps (5).

Sitôt un amer sourire
Effleure l'homme aux haillons,
Qui répond : je vous réponds
Que ne sais ce qu'on veut dire ;
Car aujourd'hui, comme alors,
Je n'ai pas couché dehors (6).

LE PRÉSIDENT.

Mais pour exister, je pense
Qu'il vous faut quelque moyen ;
Vous ne faites, dit-on, rien
Pour gagner vôtre pitance ;
S'il est ainsi, dites-nous,
Comment donc existez-vous (7) ?

DUCLOS.

A des amis que j'estime,
Ce que j'emprunte au hasard (8),
Je le leur rendrai plus tard ;
Emprunter n'est pas un crime (9),
Et je rends, sans me flatter,
Ce qu'on me voit emprunter (10).

LE PRÉSIDENT.

Pourquoi, puisque l'on vous prête,
Conservez-vous ces haillons ?
Car c'est grâce aux horions (11)
Qui sont dans votre toilette,
Que vous êtes prévenu
D'avoir montré votre.... bras (12).

DUCLOS.

Je n'ai jamais, que je sache,
Ainsi blessé la pudeur;
En cela, sur mon honneur,
Ma conscience est sans tache (13);
Je rebouche sur-le-champ
Les trous que me fait le temp (14).

LE PRÉSIDENT.

Vous affichez un cynisme
Qui révolte un tout chacun;
Est-ce avoir le sens commun?
A moins que d'avoir un prisme (15),
On ne pourra, sans trembler,
Bientôt plus vous regarder (16).

DUCLOS.

C'est à ma vie animale
Que je songe seulement;
A vous dire franchement,
Le reste m'est bien égale (17);
Ceux qui me trouvent affreux
Peuvent se boucher les yeux (18).

Après l'interrogatoire
On commence le débat (19);
De l'accusé, l'avocat
Raconte ainsi son histoire;
Attendant pour commencer
Que chaque juge ait toussé (20).

» L'homme qu'on voit en présence,
» Et qui se nomme Duclos,

» Dans la ville de Bordeaux
» Vint au monde à sa naissance (21),
» Et n'était pas, dieu merci,
» Ce qu'on le voit aujourd'hui (22).

» Sa famille étant très riche,
» Et très riches ses parens,
» Chodruc-Duclos, à vingt ans,
» De l'argent n'était pas chiche,
» Dépensant pour vêtemens
» Chaque mois dix-huit cents francs (23).

» Ce fut sur ces entrefaites
» Que, de prisons en prisons
» Traîné pour opinions,
» Dans le temps de nos conquêtes (24),
» Duclos, en homme d'honneur,
» A son roi garda son cœur (25).

» Des prisons de l'Abbaye
» Par la ruse il échappa,
» Et tout à coup se trouva
» Au milieu de la Vendée (26);
» Mais à la paix le héros
» S'en revint dedans Bordeaux (27).

» Singulier de caractère,
» Duclos, fier de ses lauriers,
» Ne montra pas ses papiers,
» Ni au préfet ni au maire (28);
» Afin qu'il changeât de ton,
» On le remit en prison.

» Il y resta des années,
» Et n'en ressortit, dit-on,

» Qu'à la restauration ,
» Quand les troupes alliées ,
» En occupant le pays ,
» Vinrent aussi dans Paris (29).

» Sitôt libre dans sa marche ,
» Duclos cherche à parvenir ;
» Il cherche aussi d'obtenir ,
» Par mainte et mainte démarche ,
» Qu'il soit enfin remboursé
» De ce qu'il a dépensé (30).

» Mais, hélas ! ses espérances
» S'en allèrent à vau-l'eau ;
» En vain il se mit en eau
» Pour rattraper ses avances ;
» Il ne fut que coudoyé ,
» Et ne fut pas soudoyé (31).

» Après une longue attente ,
» Voyant qu'il perdait ses pas ,
» Il perdit aussi ses bas (32)
» D'une manière effrayante ;
» Et, depuis plus de cinq ans ,
» Il n'a que ces vêtemens.

» Ainsi finit mon histoire ;
» Vous en voyez le héros.
» Ainsi, messieurs , à propos
» Consultez votre grimoire (33) ;
» Et surtout , pour mon client ,
» Montrez-vous bien indulgent (34). »

Après cette plaidoirie ,
On juge Duclos, d'ailleurs

Coupable d'outrage aux mœurs,
Non de vagabonderie (35);
Le condamnant, sans façon,
A quinze jours de prison.

Avant de quitter la salle,
A Duclos, le président
Adresse verbalement
Un beau sermon de morale,
Lui commandant le respect;
Et d'être plus circonspect(36).

Après cela, l'auditoire
Sort de la salle aussitôt;
Moi je reviens au galop,
Et je transcris cette histoire (37),
Pour qu'on ait compassion
Du sort de l'homme au haillon (38).

NOTES.

(1) Quel heureux alliage M. Jovial sait faire
de sa double qualité d'huissier et de poète! ce
couplet a l'air d'être à la fois une assignation et une
stance lyrique: que de choses exprimées dans ces
six vers.

(2) Expression très poétique, pour désigner messieurs les juges.

(3) Je ferai observer à M. Jovial que ces deux
vers présentent quelque réminiscence de la complainte du fameux Lapalisse.

(4) O sublime harmonie!

(5) Ce délit pèse sur vous, vous êtes de nouveau prévenu de vagabondage : *ce délit vous prend au corps*, quelle heureuse tournure !

(6) Il faudrait un volume in-octavo pour bien commenter ce couplet, et en faire ressortir toutes les beautés. D'abord, *ce sourire amer qui vient effleurer l'homme aux haillons* ; puis sa réponse pleine de sens, *je ne sais ce qu'on veut dire* ; et jusqu'à *je n'ai pas couché dehors*, pour signifier j'ai un gîte fixe, duquel je n'ai pas découché jusqu'à présent. Admirable ! admirable !

(7) Quelle clarté, quelle précision dans ces vers ! on s'imagine, en les lisant, être à l'audience, voir tout de ses oreilles, et entendre tout de ses yeux.

(8) *Au hasard* signifie que Duclos n'est pas toujours sûr de la somme qu'il obtiendra des *amis qu'il estime*. On ne pouvait pas mieux faire comprendre cela au lecteur.

(9) C'est juste, on n'est pas pendu pour cela.

(10) Cet homme-là ne fait rien comme les autres.

(1) *Horions*, vieux mot qui signifie accrocs, dégâts, vétusté. *Les horions qui sont dans votre toilette*, c'est-à-dire, le mauvais état où se trouvent vos vêtemens. Mais on sent que cette façon de parler eût été peu poétique, au lieu que *horions*, c'est là de l'élégance.

(12) La rime ne nous semble pas bien exacte.

(13) M. Jovial a eu là une excellente idée de faire jurer son héros par sa conscience ; si, au lieu de cela, il lui eût fait dire *mon habit est sans tache*, on aurait pu douter de la vérité de son assertion.

(14) Le temp sans *s* : licence poétique très commune.

(15) Un prisme est une petite affaire à travers laquelle on regarde, et qui embellit les objets par un effet catoptrique; le nom seul de cet instrument a quelque chose d'harmonieux en poésie, et M. Jovial a très bien fait de l'employer. (*Cette note prouve tout-à-fait l'intelligence de mon ami l'éditeur. Jovial.*)

(16) Conséquence indispensable de la note ci-dessus.

(17) On trouvera peut-être une défectuosité dans l'*e* muet placé à la fin de ce vers; mais que de beautés pour un défaut !

(18) Réponse très sensée, et qui ne pouvait être mieux rendue en vers.

(19) Encore une heureuse licence.

(20) *L'avocat qui attend, pour commencer son histoire, que les juges aient toussé*: quelle image, et comme c'est naturel !

(21) A la bonne heure, voilà une date précise; ce n'est pas comme la plupart des historiens, qui vous disent: mon héros est né environ tel jour de telle année. Il n'y a pas d'environ ici: *Duclos est venu au monde le jour de sa naissance*; c'est positif du moins, et M. Jovial ne tâtonne pas.

(22) C'est-à-dire qu'il n'avait pas, en venant au monde, les haillons qu'il a aujourd'hui.

(23) Faites-moi donc le plaisir d'aller chercher de pareils détails dans Racine, ou quelqu'autre petit poëtereau de son espèce, et vous m'en direz des nouvelles.

(24) Allusion à nos triomphes passés.

(25) Et il a fort bien fait; on doit toujours garder son cœur et sa foi au souverain, quand même...

(26) Ces quatre vers sont d'une négligence im-

...ardonnable dans un poète de la force de M. Jo-
...ial.

(27) A la bonne heure, voilà qui relève le couplet.

(28) J'ai peine à croire que M. Jovial ait écrit sa
...omplainte d'inspiration, comme il le dit dans sa
...réface ; car voilà, dans le même vers, deux *ni au*,
...ui prouveraient plutôt une furieuse envie de dor-
...ir qu'un transport poétique.

(29) La muse de M. Jovial se réveille dans ce cou-
...let, palpitant d'images gigantesques et de souve-
...irs brillans.

(30) Duclos avait dépensé sang et fortune pour
...e rétablissement sur le trône de l'ancienne dynastie
...e nos rois ; on sent que c'est de cette dépense que
...e poète veut parler ; quant au remboursement que
...uclos cherche à obtenir, cela se devine de reste.

(31) Après une pareille strophe, osez comparer
...M. Jovial à une bête, et dites : *Si son astre en nais-*
...*ant ne l'a formé poète.*

(32) *Perdre ses bas* est peut être une expression
...riviale ; mais elle rend bien la pensée du poète,
...ui veut dire par-là que Duclos, fatigué de solliciter
...nutilement le prix de ses services, perdit enfin
...'esprit de découragement, et embrassa le genre de
...vie qu'on lui connaît.

(33) C'est-à-dire, jugez avec équité. *Consultez à*
...*propos votre grimoire* est une figure de rhétorique
...très expressive.

(34) La fin de ce plaidoyer est d'un naturel à ra-
...vir, on voit que M. Jovial a mis toute son atten-
...tion à sténographier jusquà la moindre parole de
...l'avocat.

(35) *Vagabonderie*, c'est une heureuse innova-
...tion que M. Jovial a faite en introduisant ce mot
...dans notre langue ; plus d'un poète en profitera.

(36) *Il être plus circonspect*, c'est-à-dire à l'avenir plus de pudeur et de retenue. Nous avons appris depuis que Duclos n'a pas tenu compte de ces sages remontrances, car il ne se gêne pas pour monter *in naturalibus*, de sa chambre située au sixième étage, à l'étage au-dessus, pour satisfaire des besoins naturels. Il arriva qu'un jour, ou plutôt un soir, il fut rencontré dans l'escalier par une femme, qui, le voyant dans cet état, ne savait quelle contenance tenir. Duclos se rangea, et fit signe de la main à cette femme de passer vivement; elle ne se le fit pas répéter. Une autre fois, rencontré par une autre femme, il donna lieu à une singulière méprise, car cette femme, qui ne le voyait que par derrière, trompée par la longueur de ses cheveux, redescendit tout effrayée auprès de l'hôtesse, à qui elle dit: Ah, mon dieu! madame, j'ai vu là-haut une pauvre femme qui me fait bien de la peine; il faut que son amant soit un monstre, car il paraît qu'il l'a mise à la porte en retenant ses effets; elle est nue comme un ver. L'hôtesse crut à ce rapport, monta vivement, et rencontra Duclos au moment où il rentrait dans sa chambre; elle ne put s'empêcher de rire ensuite de la méprise à laquelle il avait donné lieu.

(37) Et il a fort bien fait de la transmettre à la postérité, elle lui en saura gré.

(38) On sent qu'ici, pour la nécessité de la rime, M. Jovial a dû prendre un tour singulier